क्यों नहीं हो सकते हाथी लाल?

क्यों नहीं हो सकते हाथी लाल?

वाणी त्रिपाठी टिक्कू

अनुवाद

अदिति माहेश्वरी-गोयल

चित्र

रूपक नियोगी

वाणी प्रकाशन

प्रकाशन के उत्कृष्टतम 62 वर्ष

vaniprakashan.com

हिन्दी भाषा में प्रकाशित पहला संस्करण : 2025

वाणी प्रकाशन

4695, 21-ए, दरियागंज, नयी दिल्ली-110 002

फ़ोन : + 91 11 23273167, 23275710

शाखाएँ

अशोक राजपथ, पटना-800 004, बिहार

कॉफ़ी हाउस कैम्पस, महात्मा गांधी मार्ग, प्रयागराज-211 001, उत्तर प्रदेश

महात्मा गांधी अन्तरराष्ट्रीय हिन्दी विश्वविद्यालय, वर्धा-442 001, महाराष्ट्र

sales@vaniprakashan.in
vaniprakashan@gmail.com

Hindi Translation of the bestseller book
Why Can't Elephants Be Red?
by **Vani Tripathi Tikoo**
Published in English by Niyogi Books
by Vani Tripathi Tikoo

Translated into Hindi as
Kyon Nahin Ho Sakte Hathi Lal?
by **Aditi Maheshwari-Goyal**

ISBN : 978-93-6944-217-1
Collection of Stories

मूल्य : ₹ 325

जी.एस. ऑफ़सेट, दिल्ली-110 095 में मुद्रित

वाणी प्रकाशन का लोगो मक़बूल फ़िदा हुसैन की कूची से

मेरी छोटी गुटलू, (Gutloo)
अक्कू के लिए...

अनुक्रम

बड़े पापा और चमचमाती मछलियाँ	9
न्यूटन फूड कोर्ट और बड़ा आमलेट!	15
फ्लोटीज़ और छोटा बड़ा पूल	20
वाटर साइड पर एक दिन!	26
दो-दो मास्क	33
मुझे कला बहुत पसन्द है!	39
मेरा पहला प्ले डेट	44
मायलो और मैं!	49
बालू के क़िले और समुद्र	54
बड़े लोग और मैं!	58
बड़े पापा और पापा!	62
आख़िरकार, मैं स्कूल जाती हूँ!	70
लेखक की बात	79

बड़े पापा और चमचमाती मछलियाँ

बड़े पापा के घर के पास एक बहुत अच्छा तालाब है और वह तालाब चमचमाती मछलियों से भरा हुआ है। वे मछलियाँ पीली, हरी, लाल, बैंगनी और नीली रंग की होती हैं। और आपको पता है, मुझे उनके साथ क्या करना अच्छा लगता है? मुझे उन्हें खाना देना बहुत अच्छा लगता है। मैं अपनी आंटी दिद्दा के साथ उस छोटे-से तालाब तक जाती हूँ, और मछलियों को खाना देती हूँ। मैं मछलियों को खाना कहाँ से लाती हूँ? मैं मछलियों का खाना गार्ड भैया से लेती हूँ। मैं उनके पास जाती हूँ और कहती हूँ, "दो, दो!" और वह मुड़कर मुझसे पूछते हैं, "क्या चाहिए, छोटे बच्चे?" मैं कहती हूँ, "फिश फूड।" जैसे ही वह मुझे "फिश फूड" कहते हुए सुनते हैं, वह एक प्यारी-सी मुस्कान के साथ मुझे एक छोटा-सा पैकेट दे देते हैं। वह एक पेपर पैकेट होता है, जिसे तीन बार लपेटा गया होता है और उसमें मछलियों का खाना होता है। उस पेपर पैकेट को हाथ में पकड़े हुए मैं तालाब के पास खड़ी हो जाती हूँ। मछलियाँ मुझे देखकर आ जाती हैं।

मैं पैकेट खोलती हूँ। उसमें छोटे-छोटे गोले जैसे दाने होते हैं। मैं उन्हें एक-एक करके डालती हूँ। मैं नहीं चाहती कि मेरी चमचमाती मछलियाँ आपस में झगड़ें, इसलिए मैं तालाब के चारों ओर दायें से बायें और बायें से दायें घूमकर दो-तीन दाने एक बार में डालती हूँ।

इतना करते-करते मछलियों का सारा खाना ख़त्म हो जाता है। और मैं अपनी चमचमाती मछलियों की तरफ़ देखती हूँ, वे और खाना चाहती हैं, तो मैं फिर से गार्ड भैया की तरफ़ देखती हूँ। मैं उनके पास जाती हूँ और बाहर 'पिटर-पैटर' की आवाज़ सुनाई देती है। मैं ऊपर की तरफ़ देखती हूँ और कहती हूँ, "दो, दो!" वह फिर से मुड़ते हैं और पूछते हैं, "क्या चाहिए, बच्ची?" मैं कहती हूँ, "फिश फूड।" अब वह कहते हैं, "आज सिर्फ़ एक। और, और नहीं। अगर मैं तुम्हें और दूँ तो क्या होगा? तुम्हारी मछलियाँ बीमार पड़ जायेंगी।" मैं उनसे एक और छोटा पैकेट लेती हूँ। मैं फिर से तालाब की ओर जाती हूँ। अब मैं पहले से भी धीमे चलती हूँ।

पिटर-पैटर,

पिटर-पैटर,

पिटर-पैटर,

एक-एक करके, और मछलियाँ धीरे-धीरे चारों ओर फैल जाती हैं, ज़्यादातर सन्तुष्ट हो जाती हैं।

मैं बहुत ख़ुश हूँ। मैंने अपनी सारी मछलियों को खाना खिला दिया। अब खेलने का समय है। मैं दिद्दा के साथ बग़ीचे में जाती हूँ और अपनी गेंद से खेलती हूँ, फिर झूले से कूद जाती हूँ, और जल्द ही मैं इन्तज़ार करने लगती हूँ। मैं किसका इन्तज़ार कर रही हूँ? शाम हो रही है और बड़े पापा जल्द ही आ जायेंगे। वह मेरे पिता के बड़े भाई हैं। जैसे ही वह मुझे देखते हैं, ज़ोर से कहते हैं, "अक्कू! अक्कू! तुम कहाँ हो?" और हम कुछ समय के लिए एक-दूसरे को नहीं देखते। मैं गोल-गोल दौड़ती हूँ। मैं तालाब के पास वाले पेड़ के पीछे छिप जाती हूँ और कहती हूँ, "बड़े पापा, बड़े पापा!" बड़े पापा गोल-गोल घूमते हुए मेरे पास आते हैं, मुझे पकड़ते हैं और कहते हैं, "अक्कू, मैंने तुम्हें ढूँढ़ लिया!"

मैं कहती हूँ, "हाँ, बड़े पापा! आपको पता है, बड़े पापा, अभी मैंने क्या किया?"

बड़े पापा पूछते हैं, "क्या किया? क्या हो रहा है?"

"मैं अपनी चमचमाती मछलियों के पास गयी थी और उन्हें बहुत सारा फिश फूड दिया!"

बड़े पापा हँसते हुए पूछते हैं, "तुम्हारी मछलियाँ तुमसे क्या कह रही थीं?"

"उन्होंने कहा, 'और दो! और दो!'"

"तुमने क्या किया जब उन्होंने कहा, 'और दो! और दो!'"

"मैं गार्ड भैया के पास गयी और 'फिश फूड' माँगा। मैंने सारी मछलियों को अच्छा खाना खिला दिया।"

ख़ुश होकर बड़े पापा कहते हैं, "अब समय आ गया है अपनी चमचमाती मछलियों को शुभ रात्रि कहने का; नारंगी, हरी, नीली और पीली मछलियाँ।"

मैं बड़े पापा की गोदी से उतरकर उनका अँगूठा पकड़ती हूँ और हम एक बार फिर से बग़ीचे में घूमते हैं। जो जगह मम्मा 'सिंगापुर' कहती हैं, वहाँ कहते हैं कि जब आप मछलियों को रात में 'शुभ रात्रि' कहते हो, तो सभी छोटे दोस्त आपको शुभ रात्रि कहते हैं और आप आराम से सो जाते हो। मैं तालाब के पास जाती हूँ, अपनी मछलियों को शुभ रात्रि कहती हूँ, फिर हम लिफ्ट तक जाते हैं और ऊपर वापस अपने घर जाते हैं। घर में पहुँचकर मैं सबको शुभ रात्रि कहती हूँ, जिसमें पापा, मम्मा, और दादी-नाना शामिल होते हैं। फिर मैं अपने कमरे में जाती हूँ और वहाँ

बिस्तर पर एक छोटी-सी गुलाबी मछली सोने के लिए बैठी होती है। मैं उसे चूमती हूँ और सो जाती हूँ यह सोचते हुए कि कल फिर से एक नया दिन आयेगा। मैं फिर से अपनी मछलियों से मिलने जाऊँगी।

तो शुभ रात्रि सभी को, मज़े करो। मैंने बड़े पापा और अपनी चमचमाती मछलियों के साथ बहुत मज़ा किया!

न्यूटन फूड कोर्ट और बड़ा आमलेट!

हमारे घर के पास, जहाँ मेरी चमचमाती मछलियाँ रहती हैं, एक बहुत बड़ा फूड कोर्ट है। जब भी मैं वहाँ जाती हूँ, तो मैं उन प्यारी-सी चमचमाती दुकानों से लटकी चीज़ों को देखती हूँ। वहाँ छोटी-छोटी मछलियाँ हैं, जो तालाब में नहीं हैं, लेकिन उन प्यारी दुकानों के काउंटर से लटकी हुई हैं। वहाँ वो छोटी चीज़ें भी हैं, जिन्हें मम्मा 'केकड़े' कहती हैं, जो रेंगते रहते हैं। कभी-कभी मुझे उन्हें देखकर थोड़ा दुःख होता है, क्योंकि मेरे बड़े भाई आयुष भैया मुझे बताते हैं कि उन्हें जल्द ही खा लिया जायेगा। गर्म मिर्ची सॉस में पकाकर कोई उन्हें चट कर जायेगा। मैं कभी-कभी सोचती हूँ कि कोई क्यों इन छोटी-सी रेंगने वाली चीज़ों को खायेगा। ये तो समुद्र में तैरने के लिए होते हैं। ख़ैर, दुनिया में हर तरह के लोग होते हैं, और मैं कभी सोचती हूँ कि लोग क्या खाते हैं और क्या नहीं खाते। लेकिन हम फूड कोर्ट जाते हैं उस शानदार बड़े और स्वादिष्ट आमलेट के लिए।

अब मैंने अंडे खाना क़रीब एक साल पहले शुरू किया था। और जब हम पहली बार न्यूटन फूड कोर्ट गये थे, तो वहाँ इतनी मिर्ची फैली हुई थी कि सब लोग "छि-हा, छि-हा!" कर रहे थे। मुझे उस समय समझ में नहीं आया, लेकिन फिर मम्मा ने एक ट्रिक दिखाई। उसने अपनी उँगलियाँ जोड़ीं और मुझसे कहा,"अक्कू, हम तुम्हारे लिए एक बड़ा आमलेट बना सकते हैं, जो तुम्हें पसन्द आयेगा, जिसमें कोई मिर्ची नहीं होगी।" तो आज, फिर से मैं मम्मा के साथ न्यूटन फूड कोर्ट में खड़ी हूँ। दरअसल, मैं एक बैग से लटकी हुई हूँ, मम्मा ने मुझे हर्नेस में डाला है और मैं चारों ओर देख रही हूँ। फूड कोर्ट में छोटे-छोटे ख़ुशबू के झोंके आते हैं। वहाँ मछली की महक है। मुझे नहीं पता यह मछली है, लेकिन मुझे मछली की महक मिलती है; फिर वहाँ 'केकड़े' जैसी रेंगने वाली चीज़ों की महक है, और वहाँ लम्बी चीज़ें भी हैं जिनकी लम्बी पूँछें हैं। और सब लोग उन्हें 'श्रिम्प्स' कहते हैं। मुझे नहीं पता कि वे चीज़ें कैसी लगती हैं। लेकिन हम यहाँ एक अच्छा बड़ा आमलेट खाने आये हैं, जैसा मम्मा ने मुझे वादा किया था।

वह काउंटर पर जाती हैं और ऑर्डर देती हैं : तीन चिली आमलेट्स, जिसमें अतिरिक्त मिर्ची हो, और एक बड़ा आमलेट बिना मिर्ची के। और मैं सोच रही हूँ, वाह!! अब जो बिना मिर्ची वाला है, वह तो मेरा होगा। काउंटर पर खड़ा व्यक्ति मुड़कर कहता है, "क्या आप कुछ अतिरिक्त मीठी सॉस चाहेंगी, बेबी?"

मैं उसे देखती हूँ और सोचती हूँ, म्म्म... मम्मा, यह मीठी सॉस क्या होती है? मैं यह सोचती हूँ, लेकिन बोलती नहीं हूँ, क्योंकि मुझे अभी तक 'स्वीट सॉस' बोलना नहीं आता।

फिर, जब मम्मा मेरे चेहरे पर ख़ुशी देखती हैं, तो वह कहती हैं, "हाँ, हाँ, वह प्यारी मीठी सॉस डाल दो, उसे बहुत पसन्द है। लेकिन ध्यान रखना कि उसमें कोई मिर्ची ना हो।" जबकि स्वादिष्ट आमलेट पक रहे होते हैं, मैं और मम्मा फूड कोर्ट के प्रमेनेड पर एक लम्बी सैर पर निकल जाते हैं। वहाँ छोटे-छोटे पक्षी चहचहा रहे होते हैं, और कारें प्रमेनेड के ठीक बाहर खड़ी होती हैं। मैं हर एक कार को देखती हूँ और सोचती हूँ कि इन रंग-बिरंगी कारों में क्या बच्चों की भरमार है! ख़ैर, अचानक मम्मा ने तय किया कि अब हमें अपना ऑर्डर ले लेना चाहिए। हम वापस जाते हैं; मैं अब भी हर्नेस से लटकी हुई हूँ, इधर-उधर झूल रही हूँ। यहाँ एक अच्छी सी ठण्डी हवा का झोंका है। न्यूटन फूड कोर्ट में मम्मा उन छोटे बैग्स को उठाती हैं जिनमें सफ़ेद सामग्री से बने छोटे-छोटे बॉक्स होते हैं। पता नहीं, लेकिन वे बॉक्स कुछ ऐसे होते हैं जिन्हें मीनू मम्मा 'डिस्पोजेबल' कहती हैं! वैसे, क्या आप जानते हैं मीनू मम्मा कौन हैं? वह बड़े पापा की पत्नी हैं।

मुझे तो यह शब्द समझ में नहीं आता। ख़ैर, मम्मा उन बॉक्स को एक हाथ में पकड़ती हैं और मुझे हर्नेस में फिर से ठीक करती हैं। फिर हम ठण्डी हवा का आनन्द लेते हुए वापस

घर की ओर चल पड़ते हैं। मैं बहुत ख़ुश हूँ उस शानदार बड़े आमलेट के बारे में सोचकर, जिसमें जो भी सॉस डाला गया है, याद नहीं आ रहा उसका नाम... हाँ, मीठी सॉस! जो आमलेट में डाली गयी है। मैं उसे झपकते हुए खा जाऊँगी। मम्मा उसे छोटे-छोटे टुकड़ों में तोड़कर मुझे देंगी। मुझे लगभग चार-पाँच दाँत हैं... नहीं...'दाँत'... हाँ, दाँत! यह वही है जो मीनू मम्मा कहती हैं। मीनू मम्मा और बड़े पापा के दो बेटे हैं : आयुष भैया और शिवम भैया। मुझे बहुत ख़ुशी होगी जब आयुष भैया और शिवम भैया सारे चिली वाले आमलेट खा जायेंगे और 'प्स्ट्ट प्स्ट्ट प्स्ट्ट' की आवाज़ करेंगे। मैं तालियाँ बजाऊँगी जब वे लगभग आँसू के साथ खा रहे होंगे। तो यह था न्यूटन फूड कोर्ट! अब समय है मेरे आमलेट को खाने का, और मैं उम्मीद करती हूँ कि आप भी कुछ स्वादिष्ट खायेंगे। मज़े करें। फिर मिलेंगे, जल्द ही!!

फ्लोटीज़ और छोटा बड़ा पूल

मुझे अपने छोटे-से बेबी पूल में खेलने में बहुत मज़ा आता है, जिसे माँ ने मेरे लिए लिया है। वह इसे 'बबल बाथ' कहती हैं! मुझे नहीं समझ में आता कि इसे बबल बाथ क्यों कहते हैं। शायद इसलिए क्योंकि इसमें मेरे चारों ओर बहुत सारे बब्बुल बनते हैं। मुझे पानी को पूरे पूल से बाहर फेंकने तक स्प्लैश करना बहुत अच्छा लगता है।

लेकिन आज एक ख़ास दिन है। जानते हो क्या, दिद्दा ने मुझे एक बड़ा जोड़ी आर्मबैंड दिलवाया है, जिसे वह अपने मुँह से फुलाती हैं। वह इन्हें 'फ्लोटीज़' कहती हैं। ये नीले रंग के होते हैं, और इनमें सुन्दर-सी जलपरी की चित्रकारी होती है। अब आप सोचेंगे कि मुझे जलपरी का क्या पता है। मेरे पानी की बोतल पर भी जलपरी बनी है। फिर एक दिन मैंने एक पोस्टर देखा। मम्मा ने बताया कि एक नाटक है जिसका नाम 'द लिटिल मर्मेड' है। मुझे जलपरी से मिलना है। मैं इन्तज़ार नहीं कर सकती उससे मिलने के लिए।

ये फ्लोटीज़ जो मेरे दोनों हाथों पर होते हैं, बिल्कुल गुब्बारे

जैसे लगते हैं। मानो, मेरे हाथों में बड़े-मोटे गुब्बारे हों! कितना प्यारा लगता है, है ना!

आज दिद्दा कहती हैं, "हम 'बिग ब्लू पूल' जायेंगे।" अब मुझे यह सोचकर मज़ा आ रहा है कि यह 'बिग ब्लू पूल' कैसा दिखेगा, क्योंकि घर के इस छोटे-से बेबी पूल में मुझे बहुत आराम मिलता है और मुझे इन बड़े गुब्बारों की भी ज़रूरत नहीं होती। ख़ैर, मेरे पास एक नया गुलाबी कपड़ा है। मैं उसे पहनूँगी और फिर दिद्दा और मम्मा मुझे नीचे ले जायेंगी 'बिग ब्लू पूल' में! जब मैं नीचे खेलती हूँ, तो बड़े लड़के-लड़कियाँ, कभी-कभी अंकल-आंटी भी उस पूल में स्प्लैश करते हैं। हर बार जब मैं वहाँ देखती हूँ, तो कहते हैं कि यह सिर्फ़ बड़े लोगों के लिए है, तो शायद हम किसी और 'बिग ब्लू पूल' में जा रहे हैं!

हम लिफ्ट से नीचे जाते हैं। जब हम नीचे पहुँचते हैं, तो हम एक छोटे-से नीले पानी के पूल के पास पहुँचते हैं। दरअसल, यहाँ बहुत सारा पानी है, तो यही है वह 'बिग ब्लू पूल' जिसका दिद्दा ने ज़िक्र किया था। यह उसी 'बिग ब्लू पूल' के पास है जहाँ सभी अंकल-आंटी स्प्लैश करते हैं। मुझे लगता है कि पहले कभी मैंने इसे नहीं देखा था। क्या यह नया है? क्या यह पहले यहाँ नहीं था?

नहीं! मुझे जल्दी ही समझ में आ जाता है कि यह पहले से था, बस एक कोने में छुपा हुआ था। यह ऐसे बच्चों के

लिए है जैसे मैं, जो थोड़े-से पानी में स्प्लैश-स्प्लैश करना चाहते हैं।

अब मैं इसे 'बिग ब्लू पूल' नहीं कहूँगी। यह एक छोटा बड़ा पूल है। यह छोटा है क्योंकि मैं छोटी हूँ, और यह मेरे लिए है, क्योंकि यह छोटे बच्चों के लिए है, और यह बड़ा है, क्योंकि यह सच में बहुत बड़ा लगता है।

अब, इन दो गुब्बारों के साथ अपने प्यारे कपड़े पहनकर, मैं धीरे-धीरे पानी में उतरती हूँ। दिद्दा मेरे साथ हैं, मेरा हाथ पकड़कर कहती हैं, "अक्कू! आओ! अपने हाथों से स्प्लैश करो, अपने पैरों से स्प्लैश करो!" अचानक मुझे पानी से घिरा हुआ महसूस होता है। यह बहुत प्यारा है। मैं तैरने लगती हूँ, क्योंकि ये दो गुब्बारे मुझे तैरने में मदद कर रहे हैं। मैं कहती हूँ, "पिटर पटर, स्प्लिश स्प्लाश, स्प्लिश स्प्लाश!" मैं अपने हाथों और पैरों से पानी बहुत ज़्यादा छिटकाती हूँ, और अचानक मुझे एक छोटी डॉल्फिन जैसा महसूस होता है। अब आप सोचेंगे, मुझे डॉल्फिन के बारे में कैसे पता? मम्मा, दिद्दा, बड़े पापा और पापा, सभी ने मुझे एक सुन्दर जगह पर ले जाकर वहाँ बहुत सारी मछलियाँ दिखाई थीं। मुझे डॉल्फिन जैसा महसूस हो रहा है, क्योंकि उस जगह पर जो छोटी डॉल्फिन तैर रही थी, वह भी बहुत ख़ुशी से तैर रही थी। यह बहुत मज़ेदार है! मुझे लगता है जैसे चारों ओर नर्म-गर्म पानी फैला हुआ है, और मुझे कुछ भी नहीं करना है! मुझे बस ख़ुद को आज़ाद और

स्वतन्त्र छोड़ देना है और फिर स्प्लिश स्प्लाश करना है! स्वतन्त्र महसूस करते हुए, एक तरफ़ से दूसरी तरफ़ झूलते हुए, अपने पैरों और हाथों से पानी छिड़कना बहुत मज़ेदार है!

थोड़ी देर बाद, दिद्दा की आवाज़ आती है, "अक्कू! अब तुम्हारा भूप्पू खाने का वक़्त है!"

तुम जानते हो भूप्पू क्या है? वह मेरा स्पेशल खाना है। मैं उसे भूप्पू ही कहती हूँ! भूप्पू उस चीज़ को कहते हैं जो मुझे बहुत पसन्द है। ज़्यादातर यह चावल होते हैं, जिनमें पीला-सा कुछ डाला होता है जिसे दाल कहते हैं। मुझे यह बहुत अच्छा लगता है। लेकिन कुछ दिन ऐसे होते हैं जब मैं बोर हो जाती हूँ, और मुँह मोड़ लेती हूँ। मैं तुम्हें इसके बारे में फिर कभी बताऊँगी। अब के लिए, भूप्पू का टाइम है, जैसा कि दिद्दा कह रही हैं।

मैं पूल से बाहर निकलती हूँ और अपने छोटे-से गर्म तौलिए में लपेट ली जाती हूँ। मुझे ऊपर घर तक ले जाया जाता है। सभी कहते हैं, "नहीं, नहीं, तुम्हें ज़ुकाम पकड़ लेगा, तुम तुरन्त कपड़े बदल लो!" मैं तौलिए से बाहर निकलकर दौड़ने लगती हूँ, क्योंकि अब मुझे वही स्वतन्त्रता महसूस करनी है जो मुझे पूल में मिल रही थी। वीय्य्य्य्य! मैं बहुत मज़े से दौड़ रही हूँ, और अचानक धड़ाम!!

मम्मा गिर गयीं! वह मेरी ड्रेस से गिरने वाले पानी पर फिसल गयीं। मम्मा चिल्लाती हैं, "अक्कू! तुमने क्या किया!" और फिर मैं अचानक रुक जाती हूँ। मैं उनके चेहरे की तरफ़

देखती हूँ। शायद उन्हें दर्द हो रहा होगा, लेकिन मुझे हँसी आ रही है, क्योंकि मम्मा गिरते हुए बहुत हँसी का दृश्य बन गयी हैं।

लेकिन अब मुझे लगता है कि ठीक है, अब मुझे बदलना चाहिए। भूप्पू टाइम से पहले, मैं एक और बार नहाना चाहती हूँ। मुझे नहीं पता क्यों, लेकिन पूल से बाहर आने के बाद मुझे फिर से नहाने की ज़रूरत महसूस होती है!

तुम सब मज़े करो और मैं तुम्हें मायलो के बारे में जल्दी ही बताऊँगी! यम्म्म्मी... अब मेरा भूप्पू टाइम है!

वाटर साइड पर एक दिन!

दिद्दा इस बड़े और बहुत अच्छे घर में रहती हैं, जहाँ से समुद्र का दृश्य दिखाई देता है। सब लोग कहते हैं कि इस इमारत का नाम 'वाटर साइड' है। बिल्कुल, इसे वाटर साइड ही कहा जाना चाहिए! एक तरफ़ पानी है और दूसरी तरफ़ घर है। तो सीधे-सीधे, यह 'वाटर साइड' ही है, है ना? अब, बड़े पापा के घर से दिद्दा के घर तक, हम एक बहुत अच्छी बड़ी कार में जाते हैं, और यह यात्रा मुझे कई सड़कों से ले जाती है। मम्मा कहती हैं कि हमें ट्रैफ़िक सिग्नल पर रुकना होगा। सिग्नल की बत्तियाँ बहुत दिलचस्प हैं : लाल, नारंगी, और हरी। हम सब जानते हैं कि ये रंग रंगों के बॉक्स के तीन मूल रंग होते हैं, यही मम्मा कहती हैं। फिर पापा पूछते हैं, "अक्कू, लाल का मतलब क्या है?" मैं कहती हूँ, "रुको!" फिर दिद्दा पूछती हैं, "नारंगी का मतलब क्या है?" और मैं कहती हूँ, "इन्तज़ार करो!" फिर मम्मा मुझसे पूछती हैं, "हरी का मतलब क्या है?" मैं जवाब देती हूँ, "जाओ!! तैयार हो जाओ और चलो!"

सड़क पर चलते हुए हम कई ऊपर-नीचे रास्तों से गुज़रते हैं। मम्मा इन्हें 'फ्लाईओवर' कहती हैं। क्या तुम समझते हो कि फ्लाईओवर कैसे हो सकता है? फ्लाई का मतलब है उड़ना और ओवर का मतलब है ऊपर जाना। मुझे नहीं समझ आता ये फ्लाईओवर का क्या मतलब है, लेकिन हम इन चीज़ों से गुज़रते हैं जहाँ कार ऊपर और नीचे जाती है, ठीक वैसे जैसे पहाड़ी पर जाने वाली कहानियाँ होती हैं, आप ऊपर और नीचे जाते हो। तो ये ऊपर-नीचे का सफ़र मुझे दिद्दा के घर ले जाता है, जहाँ वह और जुजू रहते हैं। मैं उसे जुजू कहती हूँ, क्योंकि वह सबका जीजा है। अब 'जीजा' का मतलब दिद्दा का पति है, लेकिन मुझे 'जुजू' शब्द बहुत पसन्द है, क्योंकि यह मुझे जुजुबेस (एक तरह की मिठाई) की याद दिलाता है, जो मुझे बहुत पसन्द है। वहाँ मेरे कज़िन्स, अंश भैया और शीना दीदी भी रहते हैं। शीना दीदी के पास एक बड़ा पियानो है। "टिंग टोंग टिंग टोंग," वह मेरे लिए उसे बजाती हैं। फिर मैं उनकी कुर्सी पर चढ़ जाती हूँ और पियानो पर खड़ी हो जाती हूँ और "टिंग टोंग टिंग टोंग" करती हूँ। अंश भैया के पास एक गिटार है। वह सच में बहुत बड़ा है! और उससे बहुत सुन्दर आवाज़ें आती हैं। लेकिन आमतौर पर मुझे गिटार छूने की अनुमति नहीं होती। क्योंकि वे कहते हैं, "अक्कू, तुम्हारी उँगलियाँ बहुत नाज़ुक हैं, और गिटार से तुम्हें चोट लग सकती है।" तो मेरे लिए एक

गिटार का नक़ली संस्करण लाया गया है। दिद्दा ने वह गिटार मुझे दिलवाया और मैं उस पर संगीत बजाने की नक़ल करती हूँ। लेकिन यह अंश भैया जैसा कुछ नहीं लगता।

वाटर साइड की खिड़की से आप समुद्र को देख सकते हैं। "हूश...हू...हूश," आप दिन भर लहरों की आवाज़ सुन सकते हैं। जब मैं वाटर साइड पर होती हूँ, तो मुझे स्विंग्स पर खेलने का बहुत इन्तज़ार रहता है, जो नीचे हैं। बड़े पापा के घर पर स्विंग्स नहीं हैं।

तो यह एक ऐसी चीज़ है जिसमें मैं पैर डाल सकती हूँ, और फिर दिद्दा मुझे एक बड़ा धक्का देती हैं, और मुझे वही महसूस होता है जैसे मैं पूल में थी। बस, यहाँ पानी नहीं होता मेरे पैरों के नीचे। स्वूश...स्वूश...स्वूश... स्विंग्स ऊपर और नीचे बहुत तेज़ी से जाते हैं और मुझे बहुत मज़ा आ रहा होता है! दिद्दा के घर में एक बड़ा पूल भी है, लेकिन मैं आमतौर पर उस पूल में नहीं जाती, क्योंकि वहाँ बहुत सारी दूसरी चीज़ें होती हैं। यहाँ बहुत सारी मछलियाँ भी हैं, जो बड़ी-बड़ी हैं, लेकिन ये उतनी चमकदार नहीं हैं जितनी बड़े पापा के घर के मछली तालाब में होती हैं। लेकिन ये मछलियाँ बहुत बड़ी और विशाल हैं। और जब वे मुझे मुँह खोलकर देखती हैं, तो मैं उन्हें मछली का खाना नहीं देती क्योंकि यह मना है; इसके बजाय, मैं बस उस तालाब के पास बैठ जाती हूँ और उन्हें देखती रहती हूँ।

उन्हें देखना बहुत अच्छा लगता है, दायें से बायें और बायें से दायें देखना।

वाटर साइड पर, मुझे सबसे ज़्यादा जो मज़ा आता है, वह है पार्क में तेज़ी से दौड़ना। सब लोग मुझ पर चिल्लाते हैं, "अक्कू, तुम गिर जाओगी! इतनी तेज़ मत दौड़ो!" लेकिन मुझे कोई फ़र्क़ नहीं पड़ता!

मैं बस ऊपर-नीचे दौड़ती रहती हूँ, और फिर मैं उस अच्छी-सी छोटी दुकान में जाती हूँ, जिसमें मेरी पसन्दीदा चीज़ है, आइसक्रीम! मुझे वहाँ की आइसक्रीम बहुत पसन्द है। मैं सीधे काउंटर के पास जाती हूँ, जो बहुत बड़ा है।

मैं काउंटर पर रखी चीज़ों में से आधी भी नहीं देख सकती। लेकिन जैसे ही आंटी मुझे देखती हैं, वह काउंटर से झुककर कहती हैं, "क्या चाहिए बेबी?" और मैं कहती हूँ, "आइसक्रीम!" आइसक्रीम देखते ही मुझे एक बड़ी आइसक्रीम कोन मिल जाती है। मैं इधर-उधर देखे बिना सबको नज़रअन्दाज़ कर देती हूँ और सीधे काउंटर पर जाकर अपनी आइसक्रीम ले लेती हूँ। जब तक वे मुझे खोजते हैं, मैंने आधी आइसक्रीम खा

ली होती है। बहुत मज़ा आता है! कोई मुझे डाँटता नहीं है आइसक्रीम खाने के लिए। लेकिन हाँ, वे थोड़े हैरान होते हैं! कैसे मैं खेलते-खेलते दुकान तक पहुँच गयी! और मुझे मेरी आइसक्रीम मिल जाती है।

अब लगभग अँधेरा हो रहा है। अब दिद्दा के घर जाने का समय है। वहाँ पर बहुत स्वादिष्ट भूप्पू होगा, जो बड़े पापा के घर से अलग होगा। लेकिन जब मैं ऊपर जा रही होती हूँ, तो मैं पहले ही बहुत थक चुकी हूँ। मेरे पैर में दर्द हो रहा है। मैं मम्मा से कहती हूँ, "मम्मा, मेरे पैर दोधी हो गये हैं।" असल में, जब मुझे पैर में दर्द होता है, तो मैं उसे दोधी कहती हूँ। जैसे ही मैं यह कहती हूँ, मम्मा मुझे अपनी गोदी में उठा लेती हैं। यह बहुत प्यारी-सी गर्म गोदी होती है। मैं इतनी थकी हुई होती हूँ कि मुझे नींद आ रही होती है। लेकिन मैं तब तक जागती रहती हूँ, जब तक हम लिफ्ट तक नहीं पहुँच जाते। मम्मा कहती हैं, "यह भूप्पू टाइम है, अक्कू, अपना भूप्पू खाओ, फिर सो सकती हो।" मैं जल्दी से अपना भूप्पू खा लेती हूँ, जो आज दही और चावल है, और मुझे यह बहुत पसन्द है, ख़ासकर उस स्वादिष्ट करी पत्ते वाले फ्लेवर के साथ। ख़ैर, जो भी हो, मैं उसे बहुत मज़े से खाती हूँ, और फिर बहुत नींद आती है। मैं मम्मा की गोदी में चढ़ जाती हूँ और वह मुझे झुलाने लगती हैं।

वह मुझे मेरी पसन्दीदा लोरी गाती हैं। वह लोरी, जो दिद्दा कहती हैं कि किसी और ने कभी नहीं सुनी।

"ननन नाना..." वह मुझे झुलाते हुए, लोरी गाती हैं और मैं शान्ति से उनकी गोदी में सो जाती हूँ। गुड नाइट, दोस्तो! कल एक और दिन होगा। जल्दी मिलेंगे। एक बड़ी-सी जम्हाई और मैं सो जाती हूँ।

दो-दो मास्क

दोस्तो, आप जानते हैं, मैंने आपको एक बात कभी नहीं बतायी। सिंगापुर आने से पहले वह साल मैंने माँ यानी मेरी दादी, डैडी यानी मेरे दादा के साथ गुज़ारा था, हम एक घर में रहते थे जो गुड़गाँव, भारत में था, जिसका नाम 'मंग्लिया' था, जो असल में 'मैगनोलिया' के रूप में बोला जाता है। सब लोग इसे मैगनोलिया कहते हैं, लेकिन मुझे इसे मंग्लिया कहने में मज़ा आता है।

तो पिछले एक साल मैं पूरी तरह से उनके साथ थी, और अजीब तरीक़े से, मैं क्लब में नहीं जा पा रही थी, और न ही अपने दोस्तों के साथ खेल पा रही थी। फिर एक दिन, मम्मी ने मुझे बताया कि कुछ ऐसा है जिसे कोविड कहते हैं। मुझे नहीं पता कि यह कोविड क्या है, लेकिन यह कुछ बहुत ही बुरा है।

यह असल में छोटे बच्चों को बाहर खेलने और दोस्तों के साथ पार्क में दौड़ने से रोकता है। तो माँ और डैडी ने फ़ैसला किया कि मुझे सिंगापुर लाकर यहाँ दिद्दा, बड़े पापा और मीनू मम्मा के पास भेजा जाये। लेकिन मम्मा किसी वजह से हमारे

साथ नहीं आ पायी, क्योंकि मेरी नानी, जिसे मैं बहुत प्यार करती हूँ, वह बहुत बीमार हो गयी थीं। अब मम्मा बहुत भावुक हो गयीं जब मैं जा रही थी। वह रो रही थीं, तो मैंने मुड़कर उन्हें कहा, "मम्मा, तुम क्यों रो रही हो? तुम नानी को भुप्पू दोगी, तुम उन्हें दवाई दोगी, तुम उन्हें ठीक करोगी, और फिर तुम मेरे पास आकर मुझसे मिलोगी। बस।" मम्मा ने आँसुओं के बीच मुझसे मुस्कुराते हुए कहा। हम सिंगापुर के लिए रवाना हो गये, जबकि मम्मा को नानी के साथ रुकना पड़ा।

आज बहुत लम्बे समय बाद सब लोग बाहर जा रहे हैं। बच्चे फिर से पार्क में खेल रहे हैं। मैं भी बाहर जा रही हूँ। हम सब एक साथ किसी रेस्तराँ में खाना खाने जा रहे हैं।

आमतौर पर जब माँ और डैडी हमारे साथ खाना खाने आते हैं, मीनू मम्मा और दिद्दा हमेशा ऐसा रेस्तराँ चुनती हैं जो 'बच्चों के अनुकूल' हो। वे बच्चे नहीं हैं, मैं हूँ। लेकिन वे हमेशा कहती हैं, "अरे माँ और डैडी भी आ रहे हैं, तो हमें एक 'बच्चों के अनुकूल' रेस्तराँ चुनना चाहिए।" इस तरह के नियमों का उल्टा चल रहा है। यह सच है कि माँ और डैडी को मेरे साथ खाना खाना बहुत पसन्द है।

रेस्तराँ में, किसी अजीब वजह से, 'कोविड' शब्द हर जगह है। हमें अलग-अलग टेबलों पर बैठना है, क्योंकि एक टेबल पर सिर्फ़ दो लोग बैठ सकते हैं। सोचिए, हम आठ लोग चार टेबलों पर बैठे हैं!

जब ऐसा था, अचानक मुझे यह लोग दिखाई दिये, जो हमें खाना परोसने आये। वैसे, अब मैं मास्क पहनने की आदत डाल चुकी हूँ।

मैं इन लोगों को देखती हूँ, और यह मुझे कुछ याद दिलाते हैं। जब हम मंग्लिया में रहते थे, कुछ लोग अपनी नाक से नीचे मास्क पहनते थे, और मम्मा हमेशा कहती थीं, "मास्क को ऊपर खींचो...नाक के ऊपर खींचो।" ख़ैर, जो लोग हमें आज खाना परोस रहे हैं, वे सिर्फ़ एक मास्क नहीं, बल्कि दो-दो मास्क पहने हुए हैं! तो मैंने एक गाना बना लिया : "दो-दो मास्क...दो-दो मास्क...हम सबको मास्क लग जायेगा!"

और मैं सच में खाना खाते हुए गाना शुरू कर देती हूँ। मम्मा हमारे साथ वीडियो कॉल पर हैं, और रेस्तराँ में मेरी मस्ती देख रही हैं। थोड़ी देर बाद, दिद्दा और मीनू मम्मा भी मेरे साथ गाने लगती हैं : "दो-दो मास्क...दो-दो मास्क...हम सबको मास्क लग जायेगा!"

लेकिन ये जो हमारे दोस्त हैं, जो हमें खाना दे रहे हैं, वे सिर्फ़ मास्क नहीं पहने हुए हैं। वे ग्लब्स भी पहने हुए हैं, साथ ही डॉक्टरों की तरह सफ़ेद गाउन भी पहने हैं (जो मुझे बिल्कुल पसन्द नहीं होते)।

फिर धीरे-धीरे हम चारों ओर देखते हैं। रेस्तराँ में सभी ने मास्क पहन रखा है। जब हम खाना खा लेते हैं, तो थोड़ी देर

के लिए सैर करने जाते हैं। शाम होते-होते मुझे थकान महसूस होने लगती है, लेकिन यह अच्छा लगता है, उस सुन्दर शाम की हवा में चलना।

फिर धीरे-धीरे मुझे यह एहसास होने लगता है, सड़क पर हर कोई दो-दो मास्क पहने हुये है।

फिर से, मैं गाना शुरू कर देती हूँ, "दो-दो मास्क...दो-दो मास्क...हम सबको मास्क लग जायेगा!"

मैं पलटकर दिद्दा से पूछती हूँ, "दिद्दा, ये मास्क कब हटेंगे?" दिद्दा हँसने लगती हैं और कहती हैं, "जब दुनिया फिर से अपने सामान्य रूप में लौट आयेगी, तब हम सब मास्क उतार देंगे।"

अब मैं घर लौट रही हूँ, एक सुन्दर लाल रंग के मास्क में। यह काफ़ी मुलायम है, सच में मुझे इसे पहनने में कोई परेशानी नहीं है।

लेकिन हाँ, कुछ ऐसे पल होते हैं, जब मुझे आराम से साँस लेना होता है और ऐसा लगता है कि अगर ये दो-दो मास्क, या यह एक मास्क जो मैं पहनती हूँ, हटा दिये जायें, तो दुनिया एक बहुत बेहतर और अधिक स्वतन्त्र जगह होगी, जहाँ साँस लिया जा सके।

ठीक है दोस्तो, अब घर जाने का समय है। कल फिर मिलेंगे। बाय-बाय!

मुझे कला बहुत पसन्द है!

एक चीज़ जो मुझे बिल्कुल पसन्द है, वह है एक बड़ा-सा चार्ट पेपर, जिस पर मैं रंगों के साथ पूरी तरह से मस्ती कर सकती हूँ। अब वह खींची लकीरें धीरे-धीरे आकार और पैटर्न में बदल रही हैं। अब मुझे पता है कि एक बन्दर की पूँछ भूरे रंग की हो सकती है; मुझे अब पता है कि एक बाघ की पीली धारियों में काले रंग की पट्टियाँ होती हैं। मुझे अभी भी जो चीज़ समझने में थोड़ी कठिनाई हो रही है, वह है एक तोता, जो बहुरंगी होता है। अब मेरी मज़ाक़ मत उड़ाइए। मम्मा मुझे एक बहुत दिलचस्प कहानी सुनाती हैं। कहानी है चिंटू नामक एक बन्दर की, जो एक राहगीर की लाल टोपी चुराना चाहता था। वह उस व्यक्ति पर पत्थर और फल फेंकता था, और वह छोटी लाल टोपी लेकर भाग जाता था। मेरे आसपास भी कुछ ऐसा ही हो रहा है। मैं रंगों के साथ मचल रही हूँ। मुझे सच में रंगों को चुराना अच्छा लगता है, एक से दूसरे में मिलाना। मैं सिर्फ़ पीले और नारंगी से सन्तुष्ट नहीं होती। जब मैं इन्हें मिलाती हूँ,

तो एक नया रंग उभरता है। और यही मज़ेदार हिस्सा है। अब मैं चित्र के अन्दर रंग भरने में थोड़ा बेहतर हो गयी हूँ; फिर भी रंग बाहर फैल जाते हैं। लेकिन धीरे-धीरे मैं यह सीख रही हूँ कि रंग को रेखाओं के अन्दर या वृत्त के अन्दर भरना है और चित्र की सीमा के भीतर रखना है।

मुझे बहुत सारी चीज़ें चित्रित करना अच्छा लगता है। यह सिर्फ़ वृत्त, आकार और जानवर नहीं होते। मुझे अपने कमरे की खिड़की को चित्रित करना बहुत पसन्द है। बाहर बहुत सारे पेड़ हैं। एक बात जो मम्मा मुझे जब मैं छोटी थी और खाना खा रही होती थी, कहा करती थीं, वह थी "बिल्डिंग, बिल्डिंग, बिल्डिंग"। मैं कभी नहीं समझ पायी कि इसका क्या मतलब था। लेकिन अब बाहर खिड़की से बहुत सारी इमारतें दिखाई देती हैं। जैसे ही मैं बाहर उन इमारतों को देखती हूँ, मुझे उन्हें चित्रित करने का मन करता है।

मैं यह भी समझने की कोशिश कर रही हूँ कि एक ग़ैर-लाल मिकी माउस का क्या मतलब हो सकता है, और एक लाल हाथी का क्या मतलब हो सकता है। मम्मा ने मुझे एक बहुत दिलचस्प कहानी सुनाई थी। असल में, वह एक नाटक था जिसमें मम्मा ने अभिनय किया था, जब वह नेशनल स्कूल ऑफ़ ड्रामा में काम कर रही थीं। वह कहानी थी एक लाल हाथी के बारे में। एक छोटा लड़का जो कला में बहुत अच्छा था, एक दिन वह अपनी कला कक्षा में गया और उसने एक

लाल हाथी खींचा। और उसे कला कक्षा में फेल कर दिया गया। कला शिक्षक ने उससे कहा, "कैसे हो सकता है कि एक हाथी लाल हो? हाथी तो ग्रे, काले या ज़्यादा से ज़्यादा सफ़ेद होते हैं।" लेकिन उस छोटे लड़के ने कहा, "नहीं, मेरा हाथी लाल है!" और जैसे ही उसने कहा कि उसका हाथी लाल है, कक्षा के अन्य बच्चों ने कहना शुरू कर दिया, "मेरा हाथी हरा है!" "मेरा हाथी पीला है!" "मेरा हाथी नीला है!" यह सुनकर शिक्षक हैरान रह गये। शिक्षक को समझने में कुछ समय लगा कि हम सभी के पास कोई काल्पनिक दोस्त हो सकता है, जो सच में हाथी हो सकता है, और वह दोस्त उसी रंग में नहीं हो सकता, जैसा आप असल में देखते हो। वे सिर्फ़ 'आप' के होते हैं। आप ही वे लोग हैं जो उन छोटे हाथियों, या उन जानवरों, या उन पेड़ों, या उन चित्रों से संवाद करते हैं। चूँकि वे आपके अन्दर के हिस्से होते हैं, इसलिए वे आपकी कल्पना के रंग और आकार में होते हैं।

'लाल हाथी' की कहानी हमेशा मुझसे जुड़ी रही है। मम्मा अभी भी गाती हैं "लाल, लाल, लाल...हाथी हूँ मैं!" यह गाना उस नाटक से है जिसमें मम्मा ने अभिनय किया था। और मम्मा कहती हैं कि जब भी वह हाथी स्टेज पर लाल वेलवेट ड्रेस में जीवित होता था, सभी बच्चे ताली बजाते थे। तो इस समय मैं भी नियमों को तोड़ रही हूँ। मैं एक हरे रंग की बिल्ली या नीले रंग की गाय चित्रित करने की कोशिश कर रही हूँ। ख़ैर, मेरे लिए

जो सच में अद्भुत है, और जो मेरे पास है, वही मेरे लिए सबसे क़ीमती है। तो एक बात हमेशा याद रखना कभी भी अपनी कल्पना को न खोना क्योंकि जब तक आप समझ पाओ, ऐसे लोग होंगे जो इसे आपके लिए परिभाषित करने लगेंगे।

मेरा पहला प्ले डेट

आज मैं आपको अपनी दोस्त मीरा के बारे में बताना चाहती हूँ। मैं उसे तब मिली थी जब मुझे फिर से बाहर खेलने जाने की अनुमति मिली थी और मैं दूसरे बच्चों के साथ खेल सकती थी। सिंगापुर आने के बाद मैंने बहुत से नये दोस्त बनाये। मीरा मेरी बिल्डिंग में रहती है, और मैंने सोचा कि हम उसके घर खेलने जायेंगे। मतलब, वो कह रही थी कि हमें उसके घर जाना चाहिए और खेलना चाहिए, लेकिन मुझे उस बारे में पूरी तरह से यक़ीन नहीं था।

तो आज, एक शनिवार को, मैंने तय किया कि मैं मीरा के साथ खेलने जाऊँगी। हम नीचे प्रियंका दीदी के साथ जाते हैं, जिन्हें मैं 'बेबी' बुलाती हूँ। मैं हमेशा उनकी मम्मी होती हूँ और वो हमेशा मेरी बेबी। तो बेबी और मैं मीरा के घर जाते हैं। उसका घर बहुत अच्छा है। मीरा के माता-पिता बहुत ही मेहमाननवाज़ हैं। मैं उसकी माँ से कई बार मिल चुकी हूँ, लेकिन उसके पापा से पहली बार मिल रही थी।

उनके घर में आंटी हमें बहुत स्वादिष्ट पैनकेक्स देती हैं।

अब वही पैनकेक्स, जब घर में मुझे दिये जाते हैं, तो मैं उन्हें नकार देती हूँ, क्योंकि मैं कहती हूँ, "उफ्फ...पैनकेक्स।" लेकिन यहाँ वे दिल के आकार के हैं और उनके ऊपर बहुत सारी रेड जैम लगी हुई है। तो हम जल्दी से पैनकेक्स खा लेते हैं। मैं अपनी गुलाबी यूनिकॉर्न और टेडी बियर साथ लायी हूँ, और मीरा के घर में बहुत सारे खिलौने हैं।

हम साथ में खेलते हैं, गाते हैं और बहुत मज़ा करते हैं। अचानक बारिश शुरू हो जाती है। तो मीरा और मैं खिड़की के पास बैठकर बारिश को देखते हैं। फिर हम गाने लगते हैं, "बारिश, बारिश, जाओ, वापस आना कभी और...अक्कू मीरा वांट टु प्ले!" अचानक बेबी कहती है, "क्या तुम लोग स्विमिंग पूल में जाकर स्प्लैशी स्प्लैशी करना चाहोगे जबकि बारिश हो रही है?" पहले मुझे यह आइडिया बहुत अच्छा नहीं लगता, लेकिन फिर मैं मीरा को देखती हूँ और वह उत्साहित लग रही है। तो बेबी जल्दी से हमारे घर जाती है, मेरा स्विमिंग सूट और क्रोक्स ले आती है। मीरा और मैं स्विमसूट पहनकर नीचे जाती हैं।

और क्या मज़ा है! आप सोच सकते हैं, हम उस बेबी पूल में हैं, जिसे मैंने पहले एक कहानी में आपको बताया था। ओह, हम स्प्लैश, स्प्लैश, स्पलैश करते हैं! कितना अच्छा है! फिर अचानक बारिश रुक जाती है। जैसे ही बारिश रुकती है, हम गाने लगते हैं, "बारिश, बारिश चली गयी... बारिश, बारिश

चली गयी। अक्कू मीरा वांट टु प्ले! बारिश, बारिश चली गयी।" और फिर हम स्प्लैश, स्प्लैश, स्प्लैश करते हैं, जब तक हम थक नहीं जाते और भूख लगने लगती है। बेबी कहती है, "अब खाना खाने का समय है, तो क्या तुम लोग ऊपर आकर खाना चाहोगे?" मीरा कहती है, "हमारा प्ले डेट ख़त्म नहीं हुआ है। हमें अपने घर जाकर खाना है।" तो हम जल्दी से पूल से बाहर निकलते हैं और ख़ुद को सुखाते हैं। तौलिये में लिपटी हुई मैं मीरा के घर जाती हूँ, जहाँ आंटी हमें कुछ गर्म-गर्म पकौड़े देती हैं। भारत में, ये छोटे, गोल-मटोल, पीले पकौड़े 'पकौड़े' कहे जाते हैं और बहुत स्वादिष्ट होते हैं। हम पकौड़े खाते हैं और मायलो पीते हैं। ख़ैर, मेरे जीवन में एक और 'मायलो' है, और अगली कहानी उसी के बारे में होगी। हम पकौड़े खाते हैं और गाते रहते हैं, "बारिश, बारिश चली गयी, छोटे पकौड़े आ रहे हैं, मीरा, अक्कू खेलने गये, बारिश, बारिश चली गयी!"

हमने बारिश में नीचे स्विमिंग करते हुए बहुत थकान महसूस की। अब मुझे यह समझ में आता है कि जब बारिश होती है, तो स्पलैश करने में दो-गुना मेहनत लगती है। लेकिन पानी के चारों ओर और ऊपर से बारिश गिरते हुए बहुत मज़ा आया। हमने बहुत अच्छा समय बिताया! अब मैं थक चुकी हूँ, तो बेबी कहती है, "चलो घर चलते हैं। थोड़ा आराम कर लो, तुम दोनों फिर से जल्दी मिलोगे।" तो मैं घर वापस जा रही हूँ, पेट में स्वादिष्ट पकौड़े के साथ। मैं थोड़ा भारी भी महसूस कर रही हूँ, जैसे पेट

से आवाज़ें आ रही हों, "गुर्र...गुर्र।" यह वही आवाज़ है, जो मैं तब सुनती हूँ जब डैडी... सोफ़े पर सो रहे होते हैं। मैं अपना सिर डैडी... के मोटे पेट पर रखती हूँ, उनके बड़े, गोल, मोटे पेट पर, और वही आवाज़ सुनती हूँ। और मुझे अचानक डैडी की याद आ जाती है। वह अब सोफ़े पर सो रहे होंगे, उनका लंच तो अब ख़त्म हो चुका होगा। तो पकौड़े, बारिश और मीरा, क्या मज़ेदार दिन था! अब, मैं आपको 'मायलो' से मिलवाऊँगी, मेरे जीवन में दूसरा 'मायलो', वह वाला नहीं जो आप पीते हो। बाय!! घर जाने का समय!

मायलो और मैं!

जब मैं भारत से सिंगापुर वापस आयी, तो सभी ने मुझे बताया कि मेरे लिए एक सरप्राइज़ आने वाला है। और जानती हो, सरप्राइज़ क्या था? इससे पहले कि मुझे पता चलता कि सरप्राइज़ क्या है, एक छोटा, सफ़ेद, प्यारा-सा पूडल आकर मुझ पर कूद पड़ा। मुझे कुत्ते बहुत पसन्द हैं। मेरे पास बहुत सारे स्टफ्ड डॉग्स हैं, जिनसे मैं बहुत प्यार करती हूँ, लेकिन यह छोटा क्यूट-सा कुत्ता मुझे पूरी तरह से हैरान कर दिया। जैसे ही वह मुझे देखता, वह मुझ पर कूद पड़ता। और जब मैं रात को सोने जाती, तो मायलो बाहर मेरे कमरे के दरवाज़े के पास बैठकर मुझे यह सोचता हुआ देखता कि मैं कब उठूँगी। तो मेरे पास अब एक सुन्दर और वफ़ादार छोटा दोस्त है। एकमात्र समस्या यह है कि वह मेरे सारे खिलौने खा जाता है, और मुझे यह

HAPPY

पसन्द नहीं आता। तो मैं कहती हूँ, “मायलो, जाओ!” और जैसे ही मैं यह कहती, वह और भी ज़्यादा उत्साह से मुझ पर कूदने लगता, जितना वह आमतौर पर नहीं करता। लेकिन फिर भी बहुत मज़ा आता है! मायलो के पास एक निश्चित पॉट्टी टाइम है। क्या तुम जानते हो, वह सच में आकर मुझे अपना पंजा दिखाता है और बताता है कि उसे नीचे जाकर पूपू करना है।

मीनू मम्मा और मैं आमतौर पर शाम को मायलो के साथ टहलने जाते हैं। जैसे ही मैं लिफ्ट में जाने वाली होती हूँ, वह मुझसे आगे बढ़कर लिफ्ट में सबसे पहले घुसने की कोशिश करता है। यह बहुत चिढ़ाने वाला है। मुझे यह पसन्द नहीं आता। मैं चिल्लाती हूँ, “मायलो! ऐसा मत करो!” और जैसे ही मैं यह कहती, वह मुझे अपनी छोटी, प्यारी, प्यार भरी आँखों से देखता है और ऐसे घूरता है जैसे वह रोने वाला हो। जब वह ऐसा करता है, तो मुझे बहुत बुरा लगता है। फिर मैं कहती हूँ, “ठीक है, मायलो महाराज! तुम आगे जाओ। तुम ही पैक का नेतृत्व करने वाले हो, ठीक है?” और फिर मायलो जल्दी से लिफ्ट में घुस जाता है, और हम नीचे जाते हैं।

और आज, जानती हो क्या? आज मायलो का ‘हैप्पी बर्थडे टू यू!’ है। तुम पूछोगी कि मुझे कैसे पता कि मायलो का जन्मदिन कब है, तो मैं बताती हूँ। मुझे पता है क्योंकि ठीक एक साल पहले जब मैं अभी भारत में थी, मायलो सबसे पहले हमारे सिंगापुर के घर आया था। तो आज मैं अपने घर में बहुत सारी

डॉगी पार्टी करने वाली हूँ। हमारे पास एक छोटा हड्डी का खिलौना है जिसे हम घर के बीच में टाँगने वाले हैं और एक केक भी ऑर्डर किया गया है, जिस पर मायलो का चेहरा लगा है, और उस पर मोमबत्तियाँ रखी जायेंगी और बहुत सारी यमीज होंगी, वह सभी स्वादिष्ट चबाने योग्य चीज़ें, जो मायलो को पसन्द हैं। तो यह पार्टी का समय है! मैंने अपने सभी दोस्तों को बुलाया है। मीरा भी आयेगी और नीचे के सभी दोस्त मायलो के 'हैप्पी बर्थडे' में शामिल होंगे। जैसे ही मायलो को यह सब पता चला, वह घर के अन्दर कूद-फाँद कर रहा है, जैसे वह अपनी बर्थडे पार्टी के लिए तैयार हो। सच में, वह अब इतनी कूद-फाँद कर रहा है कि मैंने उसके लिए जो सजावट की चीज़ें ख़रीदी थीं, उन्हें लगाने भी नहीं दे रहा है। वह उन्हें खींच-खींचकर नीचे गिरा रहा है! तो मैंने मीनू मम्मा से कहा, "सबसे कह दो, उसे ले जायें। मुझे मायलो के लिए अपना कमरा सजाना है।"

अब देखो, एक बात मैं जानती हूँ, क्योंकि मेरे छोटे भाई-बहन नहीं हैं, मायलो सिर्फ़ एक दोस्त नहीं है; वह मेरे लिए एक छोटा भाई जैसा है। सोचो, हम लगभग साथ में खाते हैं। ज़रूर, वह मेरा खाना नहीं खा सकता। कोई भी उसे वही खाना नहीं देता, जो मैं खाती हूँ। हम लगभग साथ में सोते हैं। वह मेरे बिस्तर में कूदकर आता है, और फिर वह मुझसे लिपटकर सोने की कोशिश करता है, जैसे मैं उसकी मम्मी हूँ। और फिर हम एक साथ लम्बी सैर पर जाते हैं और खेल के मैदान में भी जाते

हैं। तो क्या मायलो मेरा सबसे अच्छा दोस्त और सबसे वफ़ादार भाई नहीं है? सोचो, अगर तुम्हारे पास एक छोटा पालतू हो, जो सच में भाई जैसा हो, तो कितना मज़ा आता! क्या ज़िन्दगी इतनी रोमांचक और प्यारी नहीं होती? तो अब हम मायलो का जन्मदिन मनाने जा रहे हैं। और तुम सब वह केक खाओ और यमी बोलो। हैप्पी बर्थडे, मायलो, मेरे प्यारे दोस्त!

बालू के क़िले और समुद्र

आज मैं समुद्र तट गयी। मैं बहुत उत्साहित थी क्योंकि समुद्र तट पर इतने सारे बच्चे थे। हम इतने समय तक बाहर नहीं जा पा रहे थे क्योंकि लॉकडाउन जैसे प्रतिबन्ध थे। 'लॉकडाउन', यह शब्द मुझे इस तरह से समझाया गया था कि लॉक मतलब ताला, और डाउन मतलब नीचे। जब हम भारत में थे, तब हम लॉकडाउन में थे। इसी तरह, यहाँ सिंगापुर में भी सभी पर कड़े प्रतिबन्ध थे और यहाँ तक कि छोटे बच्चे जैसे मुझे भी बाहर जाकर खेलने की अनुमति नहीं था, तो बहुत सारे हफ़्तों के बाद, आज मुझे एक सार्वजनिक स्थान पर जाने की अनुमति मिली। समुद्र तट एक सार्वजनिक स्थान है, जहाँ इतने सारे बच्चे इधर-उधर दौड़ रहे थे, एक किनारे से दूसरे किनारे तक जा रहे थे। मैं समुद्र तट पर लोगों की संख्या देखकर हैरान थी। सच कहूँ तो, मैंने बहुत समय से इतने सारे लोग नहीं देखे थे। वहाँ बच्चों के समूह बालू के क़िले बना रहे थे। मैंने भी पहले बालू के क़िले बनाये हैं और मैं भी उनके साथ जुड़ने का इन्तज़ार नहीं कर सकती थी...

लेकिन मैं क़िला या महल या यहाँ तक कि घर नहीं बनाना

चाहती थी। इसके बजाय, मैंने एक 'डी कैंडी क्रल' बनाने का फ़ैसला किया, वही छोटे-छोटे केकड़े जो हम न्यूटन फूड कोर्ट में देख चुके थे। क्या तुम्हें याद है जब मैंने मम्मा और मीनू मम्मा से पूछा था कि ये छोटे-छोटे जीव क्यों खा लिए जाते हैं, जबकि ये इतने प्यारे होते हैं और हर जगह रेंगते रहते हैं? और मुझे बताया गया था कि केकड़े एक ख़ास व्यंजन होते हैं। तो मैंने बालू में एक बड़ा केकड़ा बनाने का फ़ैसला किया। यह एक रोमांचक साहसिक कार्य की तरह शुरू हुआ। पहले हमने सारी बालू इकट्ठी की। फिर अपने छोटे हाथों से बालू को एक छोटे ढेर में दबा दिया। फिर उसे फैलाया और मीनू मम्मा ने मुझे एक लकड़ी दी। मैंने लकड़ी से केकड़े के पैर फैलाये, मतलब उन्हें बाहर की ओर खींचा। अब एक चुनौती थी—केकड़े की आँखें बनाना। तो हम इधर-उधर देखने लगे। हाँ!! हमें वहाँ दो छोटे बटन मिले, शायद ये काले रंग के शंख थे। तो हमने दो शंखों को उस ढेर पर रख दिया। और फिर मैंने एक बड़ी मूँछ भी बना दी, एक बड़ी मूँछ। अब आप कहेंगे, कौन-सा केकड़ा मूँछ वाला हो सकता है? ओह!! ओह!! मेरा केकड़ा एक बड़ी मूँछ वाला है और वह मूँछ समुद्र तक चली जाती है। यह मेरी कल्पना है। याद है कैसे मैंने पहले की एक कहानी में कल्पनाओं के बारे में बात की थी? हर किसी का हाथी

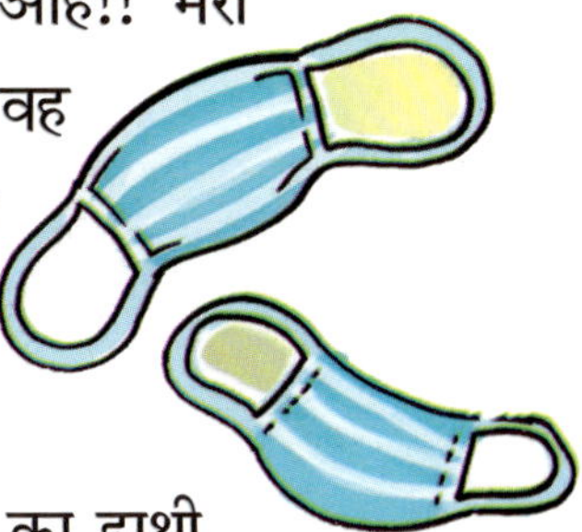

अलग होता है, मेरा लाल है। इसी तरह, मेरे केकड़े की भी मूँछ है। अब अगर किसी को इससे परेशानी है, तो मुझे माफ़ करना, मैं कुछ नहीं कर सकती। तो, वह केकड़ा दो शंखों की आँखें, एक बड़ी मूँछ, जिसे मैंने खींचा था, आँखों के ठीक नीचे, बहुत सारे प्यारे लम्बे पैर, जिन्हें मैंने खींचा था, और फिर एक छोटी-सी पूँछ खींचने के साथ पूरा हो गया। मैं उसमें लगी थी, और जानो क्या, पापा और मीनू मम्मा वहाँ थे, लेकिन उन्होंने मेरी कल्पना में कोई हस्तक्षेप नहीं किया। मुझे लगता है कि हमें बच्चों को यही करने दिया जाना चाहिए। अपनी कल्पना के साथ दौड़ने दिया जाना चाहिए, क्योंकि कल जो बड़े लोग सही मानते हैं, वही हमारे जीवन को आकार देंगे। तो क्या यह मज़ेदार नहीं होगा कि आप एक केकड़े के बारे में सोचें, जिसकी मूँछ हो, एक मछली के बारे में सोचें, जिसके पास शायद सींग हों, एक यूनिकॉर्न जिसका सींग न हों, और एक हाथी जो लाल हो? वह दुनिया कितनी मज़ेदार होगी! तुम भी अपनी कल्पनाओं को ज़िन्दा रखो, क्योंकि जो लोग सपने नहीं देखते, उनके पास कोई भविष्य नहीं होता!

बड़े लोग और मैं!

पिछली कहानी में मैंने आपको बताया था कि बड़े लोग क्या सोचते हैं। अब मेरे बारे में बहुत सारी बातें कही जाती हैं। "अक्कू, ये मत करो।" "अक्कू, ये करो।" "अक्कू, ऐसा होना चाहिए।" "अक्कू, ये एक किताब है।" "अक्कू, ये एक डिब्बा है।" डिब्बा। अब, यही वह बात है जो मेरी मम्मा हमेशा मुझसे कहती हैं : "मन को डिब्बे से बाहर निकालो।" मैं यह शब्द बार-बार सुनती हूँ, लेकिन मुझे इसका कोई मतलब नहीं समझ आता। लेकिन जल्दी ही मुझे समझ में आया कि डिब्बा क्या होता है। जिस कमरे में हम रहते हैं, वह एक डिब्बा है, जिस मेज़ पर हम काम करते हैं या खाते हैं, वह एक डिब्बा है, वह असल में चौकोर है। जिस तरह से कक्षा का चित्र हमारे दिमाग़ में आता है, वह भी एक डिब्बा है, जिस पर शिक्षक लिखते हैं, वह भी डिब्बा है, और वह छोटा डिब्बा जिसमें मैं अपने खिलौने रखती हूँ, वह भी डिब्बा है। मेरे चारों ओर हर चीज़ एक डिब्बा है। यहाँ तक कि जिस कमरे में मैं खेलती हूँ, वह भी लगभग एक डिब्बा है, वह बहुत बड़ा डिब्बा है, लेकिन वह फिर भी

एक डिब्बा है, है ना? तो बड़े लोग क्या करते हैं? वे हर चीज़ को डिब्बे में बन्द कर देते हैं। और मैं चाहती हूँ कि सब कुछ गोल हो, जैसे मैंने जो केकड़ा बनाया था, उसकी मूँछ के साथ। मैंने एक हाथी खींचा और वह लाल था। मैं चाहती हूँ कि पृथ्वी गोल हो, गोल और गोल।

सभी लोग कहते हैं कि पृथ्वी गोल है। यह सूर्य के चारों ओर गोल घूमती है, या शायद सूर्य पृथ्वी के चारों ओर गोल घूमता है। ओह, ओह, यह तो बहुत जटिल है! लेकिन अगर सब कुछ गोल हो तो? बड़े लोग, बड़े वयस्क, जो मुझसे बड़े हैं, हमेशा चीज़ों को देखते हैं और उन्हें चौकोर मान लेते हैं। मुझे कैसे पता चला? मम्मा हमेशा कहती हैं, "मन को डिब्बे से बाहर निकालो। बच्चों को उन छोटे-छोटे चौकोरों में बन्द मत करो।" तो मेरे लिए जीवन एक वृत्त है।

आज मैंने अपनी नयी कला कक्षा जॉइन की है, जहाँ मैं हर चीज़ को गोल बनाने जा रही हूँ, जैसे एक वृत्त। गोलाकार पैटर्न एक वृत्त होता है, छाता एक वृत्त है, मेरी छोटी बूटियाँ एक वृत्त हैं, मेरी छोटी स्कर्ट भी एक वृत्त है। मुझे संगीत पर नाचना बहुत पसन्द है इसलिए मैं हमेशा एक स्कर्ट पहनना पसन्द करती हूँ, क्योंकि जब मैं घूमूँ तो सबसे लम्बा और सबसे बड़ा गोलाकार बनाती है : गोल और गोल और गोल, गोल और गोल...

अगर पृथ्वी गोल है, और सब कुछ गोल है, तो हम अपने आसपास ये डिब्बे क्यों बनाते हैं? मैंने तय किया है कि सब

AB
CD

कुछ गोल होगा, गोलाकार, अर्धवृत्ताकार, अर्धचाँद जैसा, जैसे चाँद मामा जो रात को बाहर आता है और जब वह अर्धचाँद होता है तो बहुत सुन्दर लगता है। और चाँद भी बहुत सुन्दर लगता है जब वह असल में गोल, सफ़ेद बड़ा गोल होता है, जैसे बड़ी सफ़ेद चपाती, वह छोटा फ्लैट पैनकेक जिसे हम हर दिन खाते हैं, आकाश में चिपका हुआ। क्या यही चाँद मामा जैसा नहीं लगता? तो जब सब कुछ सुन्दर और गोल होगा, और इतना प्यारा, तो यही गोलपन मुझे इन दिनों सोने की इच्छा देता है। मुझे याद है जब मैं भारत में थी, मैं मम्मा से चिपक जाती थी और वह गाना गाती थी, "चाँद मामा, चाँद मामा, आया रे आया रे।" और मैं खिड़की से बाहर बड़े चाँद को देखते हुए सो जाती थी। तो मैं और बहुत सारे गोलों, और गोल चीज़ों, और बहुत से अंडों, और बहुत से शंखों, और बहुत से केकड़ों की कामना करती हूँ। मैं चाहती हूँ कि वे सभी हमारे जीवन का हिस्सा बनें। और बड़े लोगों को यह समझना होगा कि गोल होना चौकोर होने से बेहतर है। तुम्हें क्या लगता है?

बड़े पापा और पापा!

यह थोड़ा उलझन भरा हो सकता है, क्योंकि मेरे पास एक बड़े पापा और एक पापा हैं। मेरे पापा के बड़े भाई ही मेरे सबसे अच्छे दोस्त हैं। आप पहले ही उन्हें मेरी पहली कहानी, 'बड़े पापा और चमचमाती मछली' में मिल चुके हैं। बड़े पापा एक बहुत खुशमिज़ाज इन्सान हैं, जो हमेशा मेरे साथ मस्ती करते हैं, मुझे आइसक्रीम खिलाने ले जाते हैं, मुझे इधर-उधर घुमाते हैं, और हर बार जब भी वह आते हैं, मुझे झूला झुलाते हैं। आप देखिए, वह हमेशा मेरे पास नहीं होते। मुझे बताया गया है कि वह बहुत बिजी इन्सान हैं और बहुत यात्रा करते हैं। और फिर पापा हैं। पापा को मुझे नाचते हुए देखना बहुत पसन्द है, लेकिन वह हमेशा कहते हैं, "अक्कू, धीरे-धीरे, गिर जाओगी।" वह बड़े पापा की तरह बेफ़िक्र नहीं होते।

अब मुझे सबसे अच्छा तब लगता है जब बड़े पापा और पापा दोनों साथ होते हैं। बड़े पापा मुझे एक छोटी-सी गेंद की तरह इधर-उधर घुमा रहे होते हैं, अपने कन्धों पर उठाकर, मुझे ज़मीन पर गिरा देते हैं और मुझे फिर से उठा लेते हैं। वह मेरे

साथ तरह-तरह की अजीब और मज़ेदार चीज़ें करते हैं, जो मुझे बहुत ख़ुश करती हैं। और फिर आपको पापा को देखना चाहिए, जो एक कोने में बैठे होते हैं और उनकी आँखों में बड़ी सतर्कता होती है। "अब वह गिरने वाली है, अब वह गिर ही जायेगी," यह शायद उनके मन में चलता है। जब दोनों साथ होते हैं, तो बहुत मज़ा आता है; असल में, जब दिद्दा, मीनू मम्मा, बड़े पापा, पापा, शीना दीदी, अंश भैया, माँ और डैडी सभी आसपास होते हैं, तो बहुत मज़ा आता है।

मुझे मम्मा की बहुत याद आती है, देखिए, मुझे बताया गया है कि जो हवाई जहाज़ हमारे इलाक़े में आते थे, वे अभी के लिए रुक गये हैं। हर बार जब मैं आसमान में हवाई जहाज़ देखती हूँ, तो मैं कहती हूँ, "ओह, मम्मा उस जहाज़ में होंगी और वह मुझे देखने आ रही होंगी।" कभी-कभी मैं सुबह उठकर पूछती हूँ, "क्या मम्मा आज आ रही हैं?" जब मुझे पता चलता है कि आज मम्मा नहीं आ रही हैं, तो धीरे-धीरे दिन के साथ मुझे यह महसूस होता है कि वह जल्द ही आ रही होंगी।

तो बड़े पापा और पापा ने तय किया कि आज हमें आइसक्रीम खिलाने ले जाना है! हम ऑर्चर्ड स्ट्रीट जाते हैं, जो सिंगापुर के सबसे बड़े, सबसे अच्छे और सबसे रोशन शॉपिंग

ज़िले में से एक है। हम असल में ऑर्चर्ड स्ट्रीट के बहुत क़रीब रहते हैं। यही हमारी जगह है। मैं पापा के हाथ में एक अँगूठा और बड़े पापा के हाथ में एक अँगूठा पकड़े हुए, ख़ुशी से झूल रही हूँ। मैं दोनों के साथ थोड़ा मस्ती भी करती हूँ। मैं उधर-उधर कूदती हूँ, जबकि दोनों ने मेरे हाथ को कसकर पकड़ा हुआ है, और फिर रुकना मुश्किल हो जाता है। तभी हम चलते-चलते एक बड़ा-सा पेड़ देखते हैं। एक बहुत बड़ा पेड़, जो हर तरह की रोशनी से सजा हुआ है। और बड़े पापा कहते हैं, "देखो, अक्कू, वह क्रिसमस का पेड़ है! क्रिसमस नज़दीक है।" मैं उस पेड़ को देखती हूँ और आश्चर्यचकित होकर रुक जाती हूँ! वह पेड़ कितना बड़ा है, त्रिकोण के आकार का, बिल्कुल हरे पहाड़ जैसा लग रहा है। मुझे पहाड़ों का पता है, मैंने उन्हें देखा है। मैं उन जगहों पर गयी हूँ, जहाँ मुझे पहाड़ सामने दिखाई दिये थे; भले ही उस समय मैं थोड़ी छोटी थी, लेकिन मुझे पहाड़ों की याद है। मैं क्रिसमस के पेड़ को देखती हूँ, फिर पलटकर देखती हूँ और तुरन्त उस पेड़ की तरफ़ कूदने की इच्छा करती हूँ। मैं चाहती हूँ कि जाकर उसे छू लूँ, लेकिन पापा कहते हैं, "रुको, अक्कू, यह रास्ते के बीच में है। तुम बस ऐसे नहीं दौड़ सकतीं। तुम्हें याद रखना है कि हमें हमेशा एक-दूसरे का हाथ पकड़कर चलना होगा, और फिर धीरे-धीरे चलना होगा, जब तक संकेत का समय न आये।" तभी मैं उस सिग्नल को देखती हूँ, फिर वही लाल बत्ती आती है। जब मैं कार में बैठती हूँ, तो लाल

का मतलब होता है रुकना, नारंगी का मतलब होता है इन्तज़ार करना, और हरी का मतलब होता है दौड़ो!!

अचानक बत्ती हरी हो जाती है और मैं कहती हूँ, "चलो, पापा! चलो, बड़े पापा! चलो!" हम सड़क पार करते हुए उस विशाल पेड़ की ओर बढ़ते हैं। वह पेड़ कम से कम 1000 बत्तियों से सजाया गया है। वह झिलमिलाता और चमकता हुआ दिखाई दे रहा है। बत्तियाँ जल रही हैं और बुझ रही हैं। और मैं बस पेड़ को देखती जा रही हूँ। फिर मैं बड़े पापा से पूछती हूँ, "बड़े पापा, अगर यह क्रिसमस का समय है, तो क्या सान्ता क्लॉस जल्दी ही आ रहे होंगे?" "बिल्कुल," बड़े पापा कहते हैं। वह उँगली घुमाकर कहते हैं, और तभी पेड़ के पीछे से एक मोटा, सफ़ेद दाढ़ी वाला सान्ता क्लॉस लम्बी लाल कोट पहने हुए बाहर आता है। ओह, मेरा भगवान!! मैं यक़ीन नहीं कर सकती! मैंने अपने मुँह को हाथ से ढक लिया है और मैं उस बड़े आदमी को देखकर हैरान हूँ। "HO! HO! HO!" वह मेरी ओर बढ़ते हैं, और उनके पास एक बड़ा गुडी बैग होता है। मुझे पता है उस बैग में बहुत सारे गिफ्ट्स और उपहार होंगे। वह एक पैकेट निकालते हैं, जो गुलाबी रंग का है। फिर वह एक और पैकेट निकालते हैं, जो नीला है। फिर वह एक तीसरा पैकेट निकालते हैं, जो लाल रंग का है। वह कहते हैं, "ठीक है, छोटे बच्चे, अपनी आँखें बन्द करो। इनमें से तुम्हें कौन-सा पैकेट चाहिए?" मैं लगभग "सारे!" कहने वाली होती हूँ,

लेकिन मम्मा हमेशा कहती हैं, "कभी लालची मत बनो। शेयर करना ही सबसे अच्छा है।" यही मम्मा कहती हैं। तो मैं अपनी आँखें बन्द करके एक पैकेट पर हाथ रखती हूँ, और जब मेरी आँखें खुलती हैं, तो मेरा हाथ लाल पैकेट पर होता है। ओह, यह कितना मज़ेदार था! फिर मैं सच में सान्ता क्लॉस के साथ खेलती हूँ। वह मुझे अपनी गोदी में उठाते हैं और मुझे घुमाकर दिखाते हैं। वह मुझे अपना बैग भी दिखाते हैं। ज़ाहिर है, मुझे उसे खोलने की अनुमति नहीं है। बड़े पापा और पापा एक तरफ़ खड़े होते हैं और ताली बजाते हुए कहते हैं, "याय, अक्कू! अक्कू बहुत मज़ा कर रही है, सान्ता अक्कू से मिलने आया!" और यह एक बहुत ही सुखद शाम होती है, जिसे मैंने बहुत समय में महसूस किया है। जल्दी ही आइसक्रीम खाने का समय हो जाता है। मैं सान्ता से कहती हूँ, "ठीक है, सान्ता, फिर मिलते हैं। फिर से मिलेंगे।" और फिर मैं उस पेड़ के चारों ओर दो बड़े चक्कर लगाती हूँ, जैसे मैं पूजा कर रही हूँ। मम्मा जब पूजा करती हैं, तो वह एक हरे पेड़ के चारों ओर चक्कर लगाती हैं। मैं लगभग अपनी ख़ुद की पूजा करती हूँ, अपना लाल पैकेट उठाती हूँ और सान्ता कहते हैं, "HO! HO! पैकेट घर पहुँचने तक मत खोलना। ठीक है?"

"ठीक है!" मैं वादा करती हूँ, हालाँकि मैं उस पैकेट को खोलने का इन्तज़ार कर रही हूँ।

बड़े पापा और पापा फिर मुझे हाथ पकड़कर उस बहुत बड़े

आइसक्रीम पार्लर में ले जाते हैं। आइसक्रीम्स नीले, गुलाबी, सफ़ेद, पीले, यहाँ तक कि हरे रंग के होते हैं। बड़े पापा कहते हैं, "अक्कू, तुम कौन-सा आइसक्रीम चाहोगी?" मैं तुरन्त कहती हूँ, "बड़े पापा, गुलाबी, स्ट्रॉबेरी!" मैं स्ट्रॉबेरी को "स्टलॉबेली" कहती हूँ और सफ़ेद वनीला!! फिर वही बड़ा वाफल कोन आता है। उसमें तीन स्कूप डाले जाते हैं, पहले गुलाबी, फिर सफ़ेद, फिर गुलाबी। और मेरी ख़ुशी के लिए आइसक्रीम पार्लर की लड़की उस पर एक छोटी-सी स्ट्रॉबेरी भी रख देती है। ओह, मैं उसे तुरन्त खा जाती हूँ। ज़्यादातर आइसक्रीम मेरे कपड़े पर गिर जाती है, और मेरे हाथ आइसक्रीम से चिपचिपे हो जाते हैं। सुरक्षित रखने के लिए, मैंने अपना लाल पैकेट पापा को दे दिया है, जो उसे बड़ी गम्भीरता से पकड़कर रखे हुए हैं। और अब घर जाने का समय हो गया है। क्या मज़ेदार शाम थी!

कल मेरे जीवन का एक बहुत ही महत्त्वपूर्ण दिन है। मैं आपको अगली कहानी में बताऊँगी कि आगे क्या होने वाला है। कल मिलते हैं, फिर जल्द ही!

आख़िरकार, मैं स्कूल जाती हूँ!

जब मैं शाम को घर लौटती हूँ, तो घर पूरा उत्साह से भरा हुआ होता है। आप जानते हैं, कल मेरे जीवन का सबसे महत्त्वपूर्ण दिन होगा! मैं आख़िरकार स्कूल जाऊँगी। घर में सब बहुत चिन्तित हैं। वे सोचते हैं कि 'स्कूल' शब्द पर मेरा क्या रिएक्शन होगा। लेकिन आप जानते हैं, पिछले छह महीने से मैं उन्हें परेशान कर रही हूँ। इस वायरस, इस कोविड के कारण, सिंगापुर में सारे स्कूल बन्द थे। अब स्कूल फिर से खुल गये हैं, और कल मीनू मम्मा ने मुझे बताया कि मुझे सिंगापुर के सबसे सुन्दर स्कूलों में से एक, स्टैनफोर्ड स्कूल में एडमिशन मिल गया है।

ओह, आपको अन्दाज़ा नहीं है कि मैं कितनी उत्साहित महसूस कर रही हूँ! मेरे लिए एक सुन्दर नीली स्कर्ट और जर्सी बाहर रखी गयी है। मुझे कहा जाता है, "अक्कू, आज तुम जल्दी सोना। कल तुमको जल्दी उठना होगा, स्कूल जाना है।" मैंने पहले ही आइसक्रीम खा ली है, तो मुझे ज़्यादा भूख नहीं है। मैं मीनू मम्मा से कहती हूँ, "मुझे भूप्पू नहीं खाना।"

मैं आमतौर पर ये शाम को ही कहती हूँ और मीनू मम्मा अपनी आँखें घुमाती हैं और कहती हैं, "अक्कू! ये नहीं चलेगा। जल्दी से भूप्पू खा लो और सोने चलो।" तो, कल के लिए ख़ुशी और उत्साह से भरपूर, मैंने जल्दी से दही-चावल खा लिया। फिर अपना मुँह धो लिया। असल में मैं नहाने भी चली जाती हूँ।

मीनू मम्मा कहती हैं, "सुबह तुम्हें हर दिन नहाना थोड़ा मुश्किल होगा, और जल्दी भी होगा। तो ज़्यादातर शाम को हम नहाकर सोने जायेंगे। ठीक है, अक्कू?" मैं कहती हूँ, "हाँ।" मुझे नहाने में काफ़ी मज़ा आता है। मैं ख़ूब पानी उछालती हूँ। मैंने पहले ही आपको बताया था कि मेरे बाथरूम में एक छोटा-सा पूल है, लेकिन आज हम सिर्फ़ शॉवर में नहाते हैं। मैं जल्दी से अपनी नाइट ड्रेस पहनती हूँ और अपनी आँखें बन्द कर लेती हूँ क्योंकि मैं चाहती हूँ कि सुबह जल्दी आये, और फिर मैं स्कूल जाने के लिए तैयार हो जाऊँ। मैं सो जाती हूँ, स्कूल के बारे में सपना देखते हुए। मुझे नहीं पता कि स्कूल कैसा होगा, लेकिन 'स्कूल' शब्द इतना रोमांचक है। मैं जल्दी से सो जाती हूँ।

अब सुबह होती है, और मैं उठती हूँ और देखती हूँ कि मीनू मम्मा, डैडी, माँ, पापा और बेबी तैयार खड़े हैं, मेरी प्रतीक्षा कर रहे हैं। "अक्कू!! आज तुम स्कूल जा रही हो।" वीडियो कॉल पर मैं मम्मा को देखती हूँ, वह ख़ुशी से अपने हाथों को ऊपर-नीचे कर रही हैं और कह रही हैं, "ऑल द

बेस्ट, बेबी! स्कूल का पहला दिन है। तुम ख़ूब मज़ा करना!" मैं जवाब देती हूँ, "मम्मा, मुझे नहीं पता कि क्या होगा, लेकिन मैं बहुत ख़ुश हूँ।"

मैं वह ख़ुश बच्ची बन जाती हूँ, जो स्कूल जाने के लिए इन्तज़ार करती है। पिछले कुछ दिनों से मैं घर में सुन रही थी, "भगवान ही जाने, मुझे उम्मीद है कि वह रोयेगी नहीं," और इसके अलावा भी, "जब वह स्कूल जायेगी, तो मुझे उम्मीद है कि उसे वहाँ अच्छा लगेगा, क्योंकि बच्चों को नयी चीज़ों के लिए कैसे रिएक्ट करना है, यह तो कोई नहीं जानता।" मैं सबकी चिन्ताओं को सुलझा देती हूँ, क्योंकि मैं बस नाचते हुए जल्दी से अपने कपड़े पहनती हूँ, नाश्ता करती हूँ और दूध पीती हूँ। मैं वह प्यारा-सा बड़ा और नया स्कूल बैग उठाती हूँ और अपने कन्धों पर लटकाकर दौड़ते हुए बाहर जाती हूँ। मायलो भी मेरे पीछे दौड़ता है। मैं कहती हूँ, "नहीं, मायलो, तुम मेरे साथ स्कूल नहीं आ सकते।" मैं मीनू मम्मा को बड़े प्यार से देखती हूँ, "क्या मायलो मेरे साथ स्कूल आ सकता है?" मीनू मम्मा कहती हैं, "कोई रास्ता नहीं। वह सुबह-सुबह दरवाज़े के पास बैठकर तुम्हारा इन्तज़ार करेगा, जैसे वह हमेशा करता है, जब तुम सो रही होती हो। वह स्कूल से तुम्हारे लौटने का इन्तज़ार करेगा। चलो, चलो, अक्कू।"

पापा, मीनू मम्मा और हम सब कार में बैठते हैं और मायलो भी कार में बैठता है। वह हमें अकेला नहीं छोड़ता,

इसलिए उसे हमें विदा देने के लिए साथ ले लिया गया है। हम बड़े, सुन्दर, विशाल गेट के पास पहुँचते हैं। यह नीला गेट है और इसके अन्दर एक बिल्डिंग है। आपको पता है क्या, यह बिल्डिंग चौकोर नहीं है, यह आधे अण्डे के आकार जैसी है। और इस बड़े गेट से ही मेरी ज़िन्दगी की सबसे महत्त्वपूर्ण यात्रा शुरू होती है।

मैं अपने परिवार से गेट के बाहर अलविदा लेती हूँ। मेरी स्कूल टीचर गेट पर मेरा इन्तज़ार कर रही है। आपको पता है, अभी भी इन दो मास्कों के कारण, मम्मा-पापा को स्कूल के अन्दर जाने की अनुमति नहीं है। वे सिर्फ़ बच्चों को गेट तक छोड़ सकते हैं। मुझे भी स्कूल में जाने के लिए मास्क पहनना है, और मैं बड़े आत्मविश्वास और ख़ुशी के साथ स्कूल के अन्दर प्रवेश करती हूँ। मुझे अगले कुछ सालों का इन्तज़ार है, जहाँ मैं नयी चीज़ें सीखने, जानने और समझने का आनन्द लेने वाली हूँ। याद है न, मम्मा हमेशा कहती हैं, "ज़िन्दगी एक सवाल और एक ख़ोज है, हर दिन।" इस दिन में ढेर सारी खोजें होंगी, और मैं जल्दी ही आपको फिर से अपने स्कूल की नयी कहानियाँ सुनाऊँगी।

अभी के लिए, मैं बहुत उत्साहित हूँ। और आपको बताना चाहती हूँ कि मुझे अपनी टीचर का नाम पहले ही पता चल चुका है। वह हैं मिस कैंडिस। क्या प्यारा नाम है! मुझे उम्मीद है कि आपको मेरी यात्रा का यह हिस्सा पसन्द आया होगा, जो मैंने पिछले कुछ पन्नों में आपके साथ साझा किया। इस किताब के पन्ने मेरे जीवन के पन्नों की एक छोटी-सी झलक हैं। मेरे साथ इसे शेयर करने के लिए धन्यवाद। ढेर सारा प्यार और उम्मीद करती हूँ कि जल्दी ही फिर मिलेंगे। मुआह! बड़ा-सा किस!!

लेखक की बात

मैंने यह पुस्तक इस सोच के साथ लिखी कि हम अपने चारों ओर बच्चों के बारे में बहुत बात करते हैं, लेकिन उनके लिए बहुत कम किताबें लिखते हैं। यह पुस्तक एक यात्रा है जो मेरी बेटी अक्षरा, जिसे प्यार से 'अक्कू' कहा जाता है, ने मेरे साथ की, जैसे वह मेरे मन में थी और इन कहानियों के माध्यम से मेरे साथ-साथ घूम रही थी।

व्यक्तिगत कारणों से मैं अपनी छोटी-सी बिटिया से दूर थी, जिसके बारे में आप इस पुस्तक में पढ़ेंगे। छोटे बच्चों की सहनशीलता और लचीलेपन को भी सलाम है, जो उन सभी परिस्थितियों में ढल सकते हैं जो कभी-कभी उनके नियन्त्रण से बाहर होती हैं। वे हमारे जैसे वयस्कों के विपरीत हैं जो लगातार शिकायत करते हैं कि चीज़ें उनके अनुसार नहीं चल रही हैं। छोटे बच्चों में जो अद्‌भुत अनुकूलन क्षमता है, वह इस पुस्तक का मुख्य विषय है। मुझे यह बात हैरान करती है कि लगभग दो वर्षों की अनुपस्थिति के बाद भी मैंने अपनी दो साल की बिटिया की आँखों में आश्चर्य का भाव ज्यों का त्यों देखा।

इसने मुझे यह महसूस कराया कि बच्चे कई चीज़ों को आसानी से सम्भाल सकते हैं, जिनका सामना हम वयस्कों को कठिनाई से करना पड़ता है। शायद वयस्क मन कभी-कभी भूल जाता है कि हम भी कभी बच्चे थे। मेरी प्रार्थना है कि हम उस मासूमियत को वापस लायें जो हमने खो दी है और बड़े होने और वयस्क बनने की जल्दी में भुला दी है। चलो, हर दिन को सँजोते हुए अपने अन्दर के बच्चे से फिर मिलते हैं और जीवन की छोटी-छोटी खुशियों में ख़ुदरंग हो जाते हैं!

अन्त में, मैं एक नाटक की ओर लौटना चाहूँगी जिसका मंचन मैंने राष्ट्रीय नाट्य विद्यालय में किया था। नाटक का नाम था—'लाल, लाल हाथी' जो एक छोटे बच्चे के काल्पनिक मित्र, एक लाल हाथी के बारे में था। यह नाटक हमारे अन्दर के लाल हाथियों के बारे में भी है, जो समय के साथ काले और भूरे हो जाते हैं।

तो चलो फिर हम अपने अन्दर के उन लाल हाथियों को जितना हो सके, रंगीन बनाते हैं।